MARSUPILAMI

PANDA IN PANIK

Zeichnungen: **Batem**
Szenario: **Greg**
Regie: **Franquin**
Farben: **Leonardo**

CARLSEN COMICS

Panda in Panik erschien 1989 als Band 2 der Reihe *Die Abenteuer des Marsupilamis* bei Carlsen Comics und liegt hier in einer neuen Übersetzung vor. Unter dem Originaltitel *Le bébé du bout du monde* ist es auch der zweite Band der Serie in Frankreich.

Mit Fragen zur Produktsicherheit wenden Sie sich bitte an: carlsen.de/kontakt

CARLSEN COMICS

Völckersstraße 14–20, 22765 Hamburg
Aus dem Französischen von Marcel Le Comte
LE BÉBÉ DU BOUT DU MONDE

Redaktion: Sabrina Rohde
Covergestaltung: Peter Mrozek
Lettering: Ronny Willisch
Herstellung: Gunta Lauck

ISBN 978-3-551-79910-4

Wir produzieren nachhaltig
- Klimaneutrales Produkt
- Papiere aus nachhaltigen und kontrollierten Quellen
- Hergestellt in Europa

FSC www.fsc.org MIX Papier | Fördert gute Waldnutzung FSC® C018236

Die leicht instabile politische Lage Palumbiens hat seiner Hauptstadt im Laufe der letzten fünf Jahre zwölf verschiedene Namen verschafft. Für Geografiebücher und Reisebüros ist dies ein Problem...
BEST
MIAM
CRASY
HOP
PAF
RIO
LA CUENTA? NO SE CON AMERICA CARTA
EL MEJOR ES PAFMOTOR
... nicht aber für ihre Bewohner. Sie sind sehr stolz auf ihre Vorzeigestadt und nennen sie liebevoll **Grande Ciudad**...
HUP HUP
ZZZZ
1A.
Es herrschen Sicherheit und Ordnung. Schon lange wurde kein Zwischenfall mehr verzeichnet, auch kein Fehlverhalten.
AMAZONIA
TEQUILA
27
So will es das Gesetz!
Und genau diese Behaglichkeit hat zusammen mit der Schönheit und dem wunderbaren Wetter Palumbiens viele Touristen con muchos dólares ins Land gebracht... Alles läuft bestens!
Hey! This is not good!
AEROLINAS PALOMB
HOTEL
RIO
1B.

Scha-lecht! Nicht gut getroffen! Welchem Tier soll dieses Ding ähnlich sehen?! Sie hauen die Touristen übers Ohr!
Desgracia! Der Señor americano möge die Gewissheit haben, wenn ich ihn betrügen würde, würde er es nicht merken!
BROL
El Marsupilami! Der König des großen palumbianischen Urwalds! Das Symbol unseres schönen Landes! Unico! Maravilloso! Aber ich gebe zu… nicht gut gezeichnet und deshalb bekommen Sie fünf Prozent Rabatt!
Obwohl ich Ihnen fünf Prozent mehr berechnen sollte! Wissen Sie, warum dieses Marsupilami schlecht gezeichnet ist? Wissen Sie es, Señor?
Well… äh… no idea…
Weil niemand dazu in der Lage ist, es zu fotografieren, und es alle verrückt gemacht hat, die versucht haben, sich ihm zu nähern! Das ist der Grund!
Deshalb zeichnen unsere Künstler es anhand von Berichten der armen Verrückten! Und hier sehen Sie das aktuellste Porträt, das ich habe! Ich gebe Ihnen zehn Prozent!
2A.
A legendary animal! Awkward, darling, alle meine Freundinnen im Klub werden gelb vor Neid werden bei uns daheim in Carrot Junction, Indiana…
Der lang gezogene gelbe Schwanz eines Tieres, das niemand je wirklich gesehen hat! Ein gutes Fundament für eine Legende!
Nein! Del ehlenwelte Angestellte hat mich missvelstanden…
Wil sind keine Malsupilami-Jägel…
Die Touristen-Señors mögen mir verzeihen: Normalerweise kommt man nur deshalb nach Palumbien… Aber wir haben auch sehr schöne Vulkane, Treibsand oder aber die Strafkolonie Esperando, selbstverständlich mit Ausreisevisum, oder…
Nein!
Besuchen Sie Palumbien
Besuchen Sie Bitterfeld
Wil wollen ein Lufttaxi, um schnellstmöglich ein seltenes Tiel, das uns anveltlaut wulde, aus Ihlem Land zu blingen.
?!
Besuchen Sie
Besuchen Sie
2B.

Ein seltenes Tier? Vorsicht! Ich warne Sie: Wenn es sich zufällig um ein Marsupilami handeln sollte… In Palumbien gibt es sehr strenge Gesetze gegen…
Beleits gesagt: nicht Malsupilami! Andeles!
Ah, gut! Verstehe: Wir sagen »Tier«, meinen damit aber… Kokain? Maschinengewehre? Falschgeld? Das lässt sich arrangieren…
Wil sind mit einel ehlenwelten Mission betlaut! Absolut legal, nul velhindelt dulch plötzlichen Stleik del palumbianischen Linienflüge! TLANSPOLTIELEN ECHTES CHINESISCHES TIEL!
Ah, na das ändert natürlich alles! Wir entfernen uns vom Gewöhnlichen… Das bringt Kosten mit sich! Mal sehen: zwei Passagiere… Koffer… Tierkäfig… Apropos, was für ein Tier denn?
Palumbien
Ein volksrepublikanischel Königspanda!
3A.
Wasfürnpanda?
So ein Panda.
Chinesische Legielung hat Mittel beleitgestellt fül velständliche soziale Stleiks in foltschlittlichen Ländeln…
KRACK
Das wird nicht einfach, aber in Palumbien ist nichts unmöglich… Ich informiere mich…
Hallo? Ach, du bist's, Ramon? Hä? Der Kuckuck? Aber… Du weißt doch selbst, dass… WIE VIEL?! Du meinst…
3B.

Alles ist arrangiert! Aerolinas Palombias freut sich, Ihnen einen Wagen zur Verfügung zu stellen, das Flugzeug steht bereit.
Zuelst müssen wil den Panda aus Zoo-Pension holen...
TEQUILA
?
Holla! Ich hab Feierabend! Und der Flughafen ist weit weg! Ganz zu schweigen von den Streiks, den Contras, Terroristen, den...
Hör doch erst mal zu...
Er hat verstanden!
E. SCHROTT
4A.
Esta loco, Helmut! Das ist Wahnsinn! Ich hab dir doch gestern erzählt, dass diese Kiste...
Mit dem, was die Kunden von Ramon bezahlen, kauf ich mir 'ne neue, Pepe... 'ne T47! Die läuft ohne Ende!
AGUILA DEL PARADISIO
Da kommen sie schon. Sag kein Wort! Dólares über alles, Pepe, vergiss das nie!
Si! Das ist der Pasajero Nummer drei. Nicht sehr gesprächig und an seine Kaugeräusche muss man sich gewöhnen...
!
4B.

Hau... ruck! Arbeit, Pepe! Arbeit!
Jawohl! Äh... Ich meine... Si, si, pronto!
AGUILA DEL PAR
Ehlenweltes Gelät wilklich flugfähig?
Ob es fliegen kann? Ich bin der Mechaniker, Señores! Und ich sage Ihnen, diese Maquina ist unverwüstlich! Schauen Sie...
?
Ja hast du sie noch alle?! Ein Flugzeug zu treten, das zwischen 1918 und 1945 schon 17 Bruchlandungen hatte!
Äh... Ich wollte sagen...
5A.
Hehe... Es gleitet wie ein Albatros! Pepe und ich sind nie um einen Scherz verlegen... Jetzt aber vorwärts, Gentlemen, wir starten!
Bereit! Bitte sehr, Herr Kollaborateur, den Propeller!
Wie du meinst... Zum Glück wurde ich schon im Voraus bezahlt...
DON'T DISTU
RADISIO
PAFF
VROOOOAOOORR
Sieh an! Diesmal ist er normal gestartet. Ein Wunder Buddhas?
RAAAOOODN
5B.

ALAKAS
Ehlenweltel Pilot ist sich natüllich sichel, welchen Kuls el fliegt? Ich dachte, achtbales Land von Genelal Glozobez y Gazon weitel westlich…
Schon. Aber wir müssen die Sierra Fracasa überfliegen. Die Indianer nennen sie »Das Grabmal der zerstreuten Götter«.
PÖTT
PAF
POF
6.000 Meter Höhe, 6.500 für die mürrischsten Gipfel. Die zerstreuten Götter, das sind jene Piloten, die dachten, hier einfach mal so rüberhopsen zu können! Da oben sind sogar ihre Wracks hoffnungslos verloren!
VROM
KRAK
PETT
Lao-Tse sagt: Nul Dummköpfe wagen das Unmögliche!
Die Belgung unselel elenden Hüllen wäle völlig unwichtig… Abel del Panda muss den Bestimmungsolt elleichen!
Und deshalb habe ich einen falschen Flugplan abgegeben! Das Überfliegen dieses Waldes ist nämlich streng verboten und ich habe auf den Liter genau getankt…
Niemand würde auf die Idee kommen, Sie hier zu suchen, und Ihr Panda wäre im Bärenhimmel, bevor er es begriffen hat! JAWOHL!
PLOP
AGUILA DEL PARADISO
POF
PAF

Vielleicht hätte die gloße Weisheit unselel Volfahlen gewollt, dass wil das Ende des Stleiks del nolmalen Flugzeuge abwalten…
Abel das wal unmöglich…
In del Nähe del Glande Ciudad bauen die Palumbianel nul Mohn und Cannabis an… Sie haben alle Bambusfeldel aufgegeben, wie es uns eine velaltete Dokumentation velkündet hat…
Unsel volkslepublikanischel Königspanda flisst abel plaktisch nul Bambus! Wil müssen unsel Ziel »Palo-Plagia« elleichen, um Ploviant aufzunehmen… Alea Buddha est, wie man sagt…
Wir werden in zwei Stunden dort sein! Ganz still und leise. Selbst vor dem bolschewikischen Radar konnte ich mich verstecken, und das schon lange bevor es »Aguila del Paradisio« gab…
Vor dem angesprochenen Radar vielleicht, aber unter dem dichten Astwerk des großen Waldes…
?
?
7A
??
HUBA VROMM-VROMM PT-PT?
VROMM-VROMM PT-PT! HUBA HOPP!
Der warnende Instinkt des Marsupilamis hat diverse Zoologen und etliche andere manch dummes Gewäsch schreiben lassen…
Hubiiiii!
Ein Tier, das anhand simpler olfaktorischer oder akustischer Signale die Geschehnisse vorhersagen kann? Wenn ich das je sehen werde, will ich Bonzo heißen.
Schließlich kann nur der Mensch die Geschehnisse vorhersehen, das weiß man doch!
Geheimwaffe! Halten Sie sich fest, meine Herren! Wir gehen jetzt auf 20.000 Umdrehungen und…
KLANK
?
7B.

Pepe!
Der Schwachkopf hat schon wieder vergessen, die Bolzen festzuschrauben!
Müssen wil elheblichen Missstand annehmen?
PETT
POF
PAF
Kein Problem! Es ist für alles gesorgt... Natürlich gewährt Ihnen die Gesellschaft einen kleinen Nachlass...
... da der Rest der Reise zu Fuß bewerkstelligt werden muss! Ziehen Sie das über, die Gebrauchsanweisung steht auf der Hülle!
Anweisung in ehlenweltel deutschel Splache... Übelsetzung, bitte?
Machen Sie es wie ich! Die Gurte kommen hierhin. Zählen Sie bis drei, bevor Sie am Ring ziehen... und treten Sie zurück, ich öffne die Tür...
POF
PAF
Abel... ehlenweltel Pilot... Wil haben nul **zwei** Fallschilme!
KRAK
Einer pro Passagier, lesen Sie das Kleingedruckte auf der Rückseite Ihrer Tickets! Und geben Sie sie vor allem nach Gebrauch zurück!
Auf Wiedersehen!
Zwei Fallschilme! Glaubst du, wil könnten den Käfig zwischen uns halten?
Ich velmute, du schelzt? Dann wülden wil zu dlitt zelmatscht welden wie flische Eiel!
PAF
POF

KRAK
PAF
BOM
PETTH
Malcel Pagnol, ein gloßel flanzösischel Mandalin, hat einmal gesagt: »Die Ehle ist wie Stleichhölzel, man kann sie nul einmal geblauchen«...
EL HATTE VOLLKOMMEN LECHT! AUA!
FLOPP
PETTH
Mögen die demo-klatischen Göttel den Panda unselel ehlenwelten Lepublik beschützen und ihm unsele Entschuldi-gung auslichten!
KRAK
POF
PAF
Miam! Slurp! Glp!
9A.
Ehlenweltel Kollege hat gloß-altige Entscheidung getloffen.
Mit Ihnen zusammen! Abel Sie müssen zugeben, dass es mehl als älgellich ist!
POPP VROPP POPP VRAOMM
?!
VLHOM
Als wir sagten, dass das Marsupilami einen hell-seherischen Instinkt hat, haben wir nicht behauptet, dass es das einzige Säugetier mit dieser Gabe ist. Bei anderen muss nur das alarmierende Geräusch ein wenig lauter sein...
Whom? Wasn dalos?
9B.

VRRRUTTVRUTTVRRR
FLUTT FLUTT FLUTT FLUTT FLUTT
VROTT PÖTT
PLOPP
Ob im Dschungel oder anderswo, es gilt immer dasselbe alte Gesetz: Des einen Leid…
Piranha-Vropp-Whom-Paff! Zufihl, zufihl! Hosanna trahlalah! Hos…
Mach mich los!
104
… ihr wisst schon. Aber zurück zum Thema!
Miom! Glp! Slurp!
HUBABA… HOPP HUBA!
?
BOMM
HOPP!
HUBA HUBA HOPP????
HU… BAAAAAH!
???
108.

HUBA
?!
KRUNTSCH!
KRUNTSCH!
?
BRAAAAAA
AAAAAHH
11A.
HUBA!
GROOOO
KSSSSS
BOMM
BOMM
BOM
KRUNTSCH!
KRUNTSCH!
HUBI!
Bi Bi
Bi Bi
KRUNTSCH!
KRUNTSCH!
?
BRAAAA
AAAAH
!
11B.

HUBA!
HUBi HUBi
HUBi-Bi HUBi!
BROAH!
HUBi-Bii!
KRAAAACK
12A.
HUBA!
HUBi BiBi Bi
HUBA!
HOPP!
!!!
?
12B.

Bi!
Bi!
Bi!
SNIF
BIBI!
BI!
?!
TAP
?
HUBASNIF
HUBAKRONSCH
13A.
KRONSCH! HUBA!
GNARF
GLOUP
SLURP
SLORTSCH
SLURP
KRUNTSCH
GNARG
SNIF
?
!
BRRAAH
13B.

BRAAH!
Braaah?? Weahaddas gemachd?
BRRAAH!
BRAAAAHH BRAAAHHH! HiKiKiiiiK
BRAAAH! HiKiKiK!
FLOP
14A.
KHiiii-PERTT
PUHAAARGH
HAAAHAHAAA HAHAHA
HAAAAAAA...
UUHLAAUHLAAUHLAAUHLAHHH!
14B.

HUBA ! BURP...
HUBi Bi !
Bi?!
BRAAH!
SLURP KRONTSCH KRUNTSCH
15A.
KRONTSCH CHOMP MIAM KRUNTSCH SLURP
CRONCH
BÄH!
BRAAH! HiHiHi
Bi!
Bi!
HONKR-HONKR HUBA BRAAAH BUBAH HOPP!
BUBAH? HUBi !!!
BZZZZ
15B.

HiHiHi!
HiHiHi!
HiHiHi!
BZZZ...?!
Aber wird unser Panda im Urwald Palumbiens überleben können? Leider würde euch jeder seriöse Zoologe sagen:
Der Panda ernährt sich
Kanarienvogelfeder!
oder getrocknetem
nur von frischem Bambus.
Feder am Schnabel!
Aber leider wächst
Feder am Zipfel!
im palumbianischen Urwald...
Elsternfeder!
kein Bambus mehr...
Schwalbenfeder!
Wird der niedliche Panda, vom anderen Ende der Welt verhungern müssen?!
?!
HUBi!
HUBi!
?
Wie sollte das Marsupilami helfen können?
KRATZ
KRATZ
HUBi!
16A.
BUBAH! HUBA HUBA HAHAHAHA!
HOPP!
HUBi? HU???
FRRRSCHI!!!!!!!!
KRRRRRRRRACK
AUA!
TRRRAK
HIMMEL
SCH
FRRRRRSHI!!!
DONNERWETTER
KRACK
KRAAI!!
ROKAAI!!!
KROKRAI
16B.

Ob Helmut das ihm vergönnte Glück, die Fauna jedes Stockwerks des großen Waldes studieren zu können, zu schätzen weiß?
KROORAAIIK
KRIIIAIK
KROOIAK KRIIIAIK
HIMMEL!
DONNERWETTER
MIST!
KRAAKK
HIMMEL!
MIST!
DONNERWETTER
IIIIIIKK
IIIIIK
SPLOTSCH
HIHIIIIK
17A.
PLAFF
KRRRRK
KRRRRK
Du nettsain! Hassauf Hasskainemadns Ausrühsdung aufgehpasd!
17B.

Schöhne Lanssedas! Seaschahrf! Hollaaa!
Schöhna Bohgndas... Seaflecksibl... Rohbusst!
Und die Pfeile!
Achjah! Nakohse-Feihle! Pikpik fuachbah aua. Passauf dassudich nichpiksd, Hasskainemadn!
So, Hasskainemadn jedsgehn.
Dan ke, klainagrüna-mann, deavom Himml gefallnis...
SKRATSH
18A.
WUAAAU!
?!
WAS... EIN ANGELHAKEN!
DONNER... EURE... EURE ANGEL-HAKEN...
SIND DIE AUCH MIT »NAKOHSE«
MANCHMAHJAH! MANCHMAHNAIN!
KRRRIITSH
Wie wird das Marsupilami reagieren? Kann es den Bärenhunger des kleinen Tieres stillen?
BRAAAAH
18B

BRAAHH
HIMMELSAKRA!
Dasgud! Seaschön! Das füamich!
Hasskainemadn seaschön!
Pff...
19A.
ELENDER GÜRTEL! GRRR
SEASCHÖN!
?!
Seasea schön!
Seaschön, aba ganschön schwea...
Pah! Der Trottel wird mich zu seiner Hütte bringen... Hoffentlich gibt's da was zu futtern, ich krieg langsam Kohldampf...
PPFFFUH...
19B.

ARGH
MIST
Uff! Ein schönes Bett und... Ruhe... Ruhe...
Dasgefangn Fhische, vihle vihle füa Hasskainemadn, mahgisch... Aussalufd midvihl Khrach!
VRROOR
20A.
Guck sich einer diesen Deppen an! Ist schon bepackt wie 'n Esel und sammelt noch mehr Schrott auf!
Da werd ich vom Zusehen schon müde...
HUMPF!
DUTRAH GEN...
HUMPF
VOAWÄHDS!
MIST
20B.

Kannibalen? Nein... Ganz ruhig... Es gibt keine Kannibalen mehr...
Komm schon! keine Panik! Einige gucken doch recht freundlich...
Ah! Einige sind auch ganz hübsch... Das beruhigt mich...
21 A.
Und die kleinen Jungs... Ja! Ich bin ihnen sympathisch!
Wenn ich bloß dieses... Ding hier loswerden könnte...
AAAHH !
TOC
WAHUUUHH
VRROOO
TSCHICK
TSCHICK
Jetzt liebkost dieser Blödmann auch noch seinen elenden Schrotthaufen!
Ja, werter Herr, die Chahutas sind große Kinder, die einen anderen Sinn für Werte haben als Menschen Ihrer Herkunft.
?!
21 B.

Aber... Das ist unmöglich: Ich dachte gerade, ich hätte Sie verstanden!
TSCHICK TSCHICK TSCHICK
Ich spreche Ihre Sprache, aber plaudern Sie's nicht aus!
Außerdem spreche ich Englisch, Spanisch und noch sechs weitere Sprachen. Ich habe in Harvard und in Heidelberg studiert, aber das war einmal...
TSCHICKTSCHICK
Danach muss man sich einen Job suchen, und bei der Arbeitslage der Zivilisierten kann ich ebenso gut hierbleiben. Ich weiß, wovon ich rede!
Aber... warum erzählen Sie mir das alles?
TSCHICK
TSCHICK
Weil ich Ihre Hilfe brauche!
22A.
Aber vorher sollen Sie die Atmosphäre erleben, die hundert Gramm Bleikugeln in einer Kalebasse erschaffen können...
TSCHICK TSCHICK TSCHICK TSCHICK
TACK
AUA!
TSCHICK TSCHICK TSCHICK TSCHICK TSCHICK TSCHICK
Mahgisches To-them jädsgehörn Chahutas! Vroar Vromm Fhische, wennman To-them ainobfa dahrbietet, Yuphaidi haida...
TO-THEM
KLATSCH KLATSCH KLATSCH
TO-THEM-TO-THEM-TO-THEM
???
Wenn Helmut von dieser Andacht weniger gepackt gewesen wäre, hätte er noch weit mehr Faszinierendes entdecken können...
22B.

HIA-IS DIE OBFAGAHBE, WIHIMMA NAHCHEM HAIAMACHN...
Was haben Sie denen da vorgesungen?
Dass sie ihre Opfergaben für den neuen Gott bereitlegen sollen.
TSCHICK TSCHICK TSCHICK
Aber lassen Sie uns doch beim Abendessen weiterreden.
TO-THEM!
SKRONTSCH SKRONTSCH?
HUBA HOPP!
23A.
Ichmühde-schlahfn, frümoagens aufsteen füa Obfagabe...
Hassrechd.
Guhte-haia!
Duhauch!
UAAAAH!
Guhtes To-them, aba hahta-tag!
Donnerwetter! Und wie kommt's, dass die Chahutas den Wert ihrer Opfergaben überhaupt nicht einschätzen können?
Sie sind sehr dumm, dafür sorge ich persönlich... Ein wenig Leberpastete?
Die Opfergaben werden auf einem kleinen heiligen Floß zu den Göttern geschickt. Ich habe die Strömungen des Rios studiert, es schwimmt geradewegs in ein von mir errichtetes Versteck.
DASCH ISCH GENIAL!
Ja, ich muss zugeben, in seiner Einfachheit ist mein System n...
KRACK
Achtung! Haben Sie das auch gehört?
23B.

Da hat doch jemand KRACK gemacht!
Kein Sorge! Nächtliches Dschungelgemunkel... Sie werden sich dran gewöhnen... BÖRP
Achtung! Helmut macht Pang! Pang!
Sehen Sie? Nichts zu sehen! Das Lager ist nachts gut bewacht.
?
24A.
KRACK
?
?
BOP
Wahsn lohs?
Manhaddmia den Stihl vonmaim Spea geklaud!?!
Ah! Der Morgen graut, endlich! Hab kein Auge zugekriegt! Ich weiß, da war ein komisches Geräusch. Der Instinkt eines halben Jahrhunderts irrt sich nicht!
RONZOOO
Und auch bei den Marsupilamis ist schon Frühstückszeit...
SKRONTSCH
SKRONTSCH
24B.

Ich spüre die Gefahr. Aber der Schweinehund, der Helmut reinlegt...
... wurde noch nicht geboren, denn Helmut...
... hat ein waches Auge!
?
ZZZZZ
PLOF
Ein Nachbar...
SLAP
25A.
KRACK
KRAK
PLOF
KRACK
PLOFF
PLOF
Derweil...
KRUNTSCH!
KRUNTSCH!
Wer isst da??
KRACK
KRACK
KRAAACK
PLOF
KRACK
AIE
PLOF
Aber da ist es ja tatsächlich, dieses **KRACK**. Jetzt hör ich's auch!
25B.

TSCHICK TSCHICK
ACHTUNG! Sonst treten Sie auf Stufen, die gar nicht da sind!
?
KRAACK
PLOF
KRACK
PLOF
TSCHICK
BAM-BUHUS! BAM-BUHUS! WOISS-DEA BAM-BUHS? GEHBTIHN RHAUS! TO-THEM NICHGUD, ALLESPUTT!
Tausend Höllenhunde! Man hat das Dorf sabotiert, und sie beschuldigen ihren dämlichen Götzen! Ich muss die Situation retten, sonst war's das mit den Opfergaben!
Sehen Sie, es gab also doch ein Krack...!
SCHN
TSCHICK TSCHICK TSCHICK TSCHICK TSCHICK TSCHICK
26A.
TSCHICKITSCHICK
TSCHICKITSCHICK
TSCHICKATSCHICK
KATSCHICK
Au, au, au...
ROOHZZZZ
GLURBL
KRUNTSCH
KRONTSCH
SLAP
MIAM
PAF
BRAAH
26B.

Und, geht's wieder?
TSCHICK
TSCHICK
TSCHICK
Jepp, ich hab ihnen erzählt, dass der Götze den Schuldigen benennt, sobald sie ihre Opfergaben abgeliefert haben. Das sollte klappen!
Aber wer könnte der Schuldige sein? Wer ist so bescheuert, kiloweise Bambus zu klauen?
Bambus... Moment... Hört sich vielleicht idiotisch an, aber...
PFFFUUHH
AUA!
HIHIHIHIHI OUAHAHAH HAHA
Also?
Die haben's echt auf mich abgesehen!
Das blöde Tier von meinen Chinesen hat Bambus gefressen... Was, wenn die drei noch am Leben sind? Wenn sie es sind, die... Ach nein, das ist unmöglich...
SNAP!
Wir müssen uns vergewissern! Sie werden ihr Wrack suchen... Ich gebe Ihnen eine Eskorte und Sie bringen mir die Köpfe dieser Chinesen!
27A.
Jepp!! Und wenn sie pulverisiert wurden?
Dann finden wir was anderes. Der Bambus ist den Chahutas heilig, das Sakrileg von letzter Nacht muss bestraft werden!
Zumindest haben sie unsere kostbare Baumschule nicht angetastet.
Kostbar? Bambus und kostbar?
In Palumbien wächst kein Bambus mehr. Nur noch die Chahutas haben welchen. Er ist ideal, um ihre Hütten und tausend andere Dinge zu bauen...
Hi Hi HI
Zum Beispiel die besten Blasrohre! Das ist ein großer Vorteil gegenüber den anderen Stämmen.
Nalohs!!
PFFFP
Und wie kommt's, dass sich dieser Bambus... UUUUH!
... hier befindet? Ein rebellischer Missionar war es, der... Hihihi... Ach! Das ist eine lange Geschichte...
?
Hi Hi Hi
Aber wer oder was ist das?
27B.

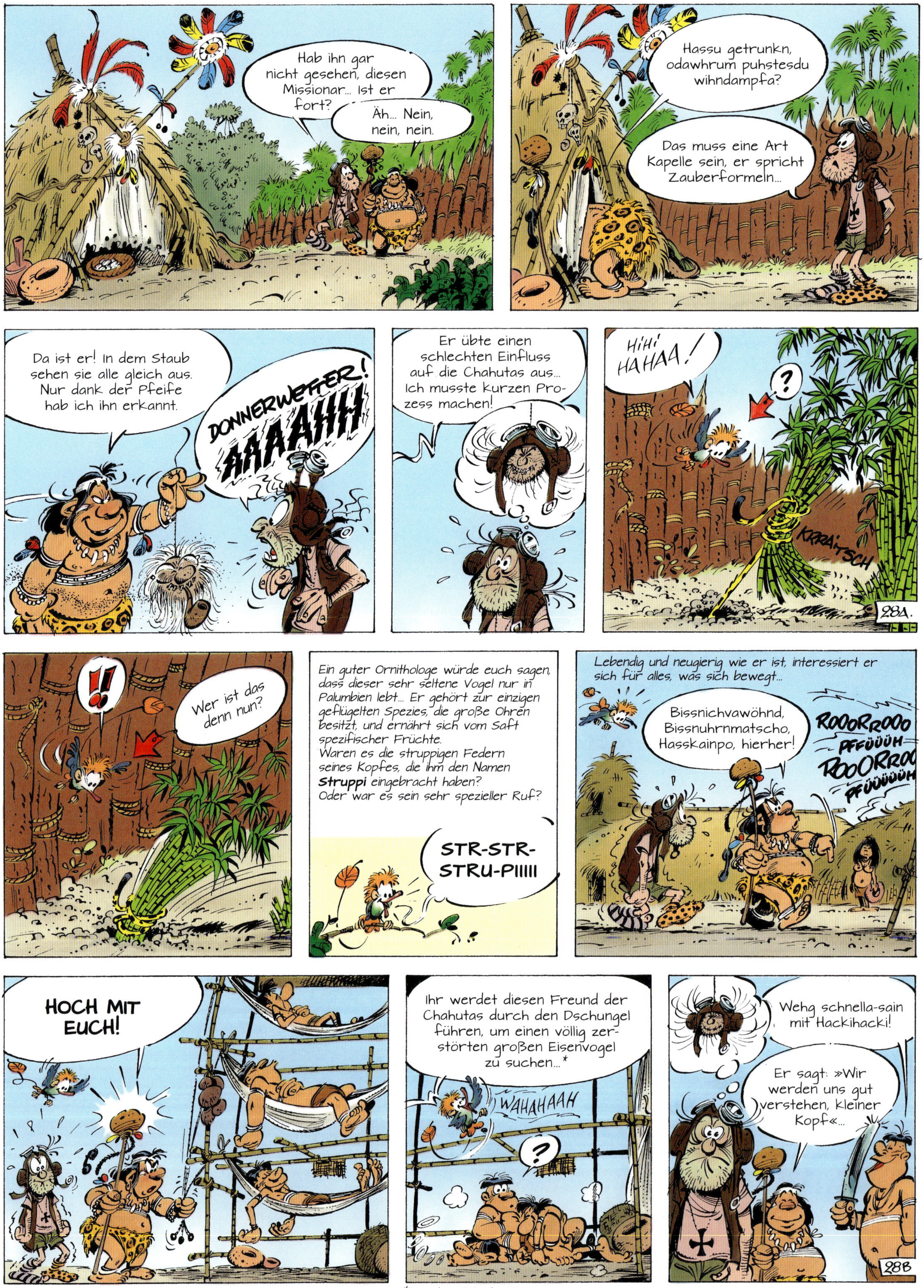

*Synchronisierte Fassung

Vertraut auf meine Erfahrung als Pilot. Das Wrack befindet sich nördlich von uns... Immer geradeaus!
Ich schlage vor, wir machen zwei Minuten Pause... Schlaucht ganz schön, oder?
Holla!
FRITSCH
FROTSCH
Hihihi... Frisst er ihn oder nicht?
SNIF SNIF
Darauf hätte ich wetten können... Er sieht wirklich nicht besonders appetitlich aus!
29A.
Hey! Tarzan! Es brennt nicht, ruhen wir uns etwas aus...
Und keiner hat dran gedacht, was zu trinken mitzunehmen? Ich hab Durst!
Chic, chic!
Wie sagt man wohl »Durst« in diesem Kokosnuss-Kauderwelsch?
SCHLUCK
Der bekloppte exotische Vogel hat das Problem gelöst!
BOPP
SLUUUURRP
Himmel! Segensreiche Natur... Dieses Tier zeigt mir die rettende Quelle! Schnell!
HIPS
FLAPP FLAPP
GHGHGHGHGHGHGH
29B.

Meinst du, die Dosis ist tödlich?*
Wir werden sehen, aber lasst uns sicherheitshalber schon mal eine Bahre bauen!*
Z Z
SPROTSCH
Und eine heb ich für später auf! Nicht dumm, hä?!
HIPS!
VORWÄRTS, IHR NICHT VORHANDENEN STIEFEL!
*Synchronisierte Fassung
WUHAAA
POFF
BORBUL
Der Struppi erholt sich rasch...
STRU-STRU-STRU-PIIIII!
... und verfügt sehr schnell wieder über seine scharfen Sinne. Dank der großen Ohren erfreut er sich eines außergewöhnlichen Gehörs und ist in der Lage, einen Ruf oder ein vertrautes Geräusch aus großer Distanz und durch die Kakofonie des Waldes hindurch wahrzunehmen.
30A.
HIPS
STRU-STRU-STRU-PIIIII!
BRAA
BRAA
BRAA
PFUUUU...
BRAA
HUBI!
HUBI HUBI BI BI!
HUBA!
HUBI
SKRONSCH MIAM RGNAP!
30B.

FRITSCH
FROTSCH
BORGBLOGLUBBL
FROTSCH
FRITSC
SWITCH
?
GARGULIRÖÖÖÖH
SWITCH
FROTSCH
FRITC
BORBORIGWUBBL
SWITCH
31A.
?
?
Langsam senkt sich der Abendhimmel über den Dschungel...
RÖÖÖHFLUBLBL
31B.

SLURP MIAM! KRONTSCH!
BiHUBi BiRLiBi BLiBLi!
HUBA!
HUBi HUBi BLi BLi ROOZZZZZ HUBi
BiRLUBi RoBZZZ BLi BLi Bi
HUBA
HUBiiiii
HOPP!
!
32A.
RHUBi GRRHUBi AUPTUBUDL iDUBA!!
ZZZ
BiBi
Bi Bi!
BiBiBi!
Bi!
BROMPF BRAAH!
POUF
32B.

Und so, mit dem Mond als Helfershelfer und bei Gegenwind…
BiBi
BiBi
Bi
Sie kommen nicht zurück… Es ist nicht sicher, ob sie die Chinesen finden… Und wenn der Dieb wieder auftaucht…
Zwei Vorsichtsmaßnahmen sind besser als eine und…
Holla! Vorsicht mit der Zigarre!
Na, was haben wir denn da Schönes?!
SPRENGSTOFF
GEFAHR
33A.
Das ist meine ganz eigene Magie…
GEFAHR
AUFGEPASST!
AUA
AN DEINER STELLE WÜRD ICH DIE FINGER DAVON LASSEN!
… und damit hab ich die Chahutas bisher immer eingewickelt. Ich werde ihnen ein **feuriges** Spektakel liefern!
SPREN
Mist, schon wieder ausgegangen…
BANG
AUA
BANG
BANG
BANG
33B.

Mussnua-triggsen Groβa Tsaubara!
FFFFFRRRUUUSCHHHhhh
34A.
Geh... Geh dunua!
Eisenvogel nicht gut...
Hilfe! Ich kann nicht mehr sehen!
Oh! Da ist Kermit!
Ach was, das ist E.T.!
34B.
MIST!
BLÖDE FLIEGERHAUBE!
Aber... ICH HAB DAS FLUGZEUG GEFUNDEN!
Wenigstens hat die Metallkiste genug Material geschützt, um das Dorf und die Bambusplantage zu präparieren. Wenn ich mich beeile, werden wir bald sehen, wer meinen Bambus so sehr mag!
34C.

Okay, ich hatte schon Schiss, aber damit hau ich die Chahutas aus den Socken...
Schön brav und ergeben werden sie mir weiterhin gehorchen und ihre Nase nur auf meinen Befehl hin nach draußen stecken, um den Bambusdieb zu fangen!
Ah... Hahaaa! Superman und Tarzan haben Angst vor dem Eisenvogel! Dabei hat der Vogel einen in der Krone... Aber Helmut weiß...
... was er in seinem Bauch hat, haha!
Dunkel hier... Nanu?! Jaa! Die Taschenlampe!
Sehr gut! Sie funktioniert! Keine Chinesen??? Aber das hier! Aaah, das auch noch... Wunderbar!
35A.
So, das wäre erledigt! Wenn der Dieb rückfällig wird, wird er nicht entkommen!
Pfuuuh... »Home, sweet home«... Jetzt kämm ich mir erst mal die Haare!
Und aufräumen muss ich auch...
35B.

Bi! Bi! Bi!
HUBA !
HUBI! ?!
Bi! Bi! Bi!
BRAA!
SNIF SNIF SNIF SNIRF!
BRAH!
HAHAAA! Damit wird sich alles ändern! Und jetzt zu uns, Rambo und Dschungel-Jim!
36A.
Mit dem, was er hier gefunden hat, ist Helmut der Dschungelkönig!
Hoch mit den Flossen! Hands up, sagte ich... Manos al cielo !
Die Wilden scheinen diese Errungenschaft der Technik und zivilisatorischen Entwicklung nicht zu kennen...
Aber das werden sie verstehen!
TRRRAKATAKATAK
? ?
!
POCK
Gerät von Weißen, um Früchte zu sammeln, sehr gut!
SPROTSCH
Doch nicht gut!
SKRATSCH
BROKK
36B.

Die Herrschaft des Dschungel-
königs währte nur kurz...
GRRMBL MIST! GRUMMEL
BRAH!
BRAH BRAH BRAH
HUBRA ... äh... HUBA!
BRAH?
PIF PAFF
BANG
37A.
CHAHUTAS ZUHMANNGRIFF!
RATAPLAKAPAFF
PANK
PETT
37B.

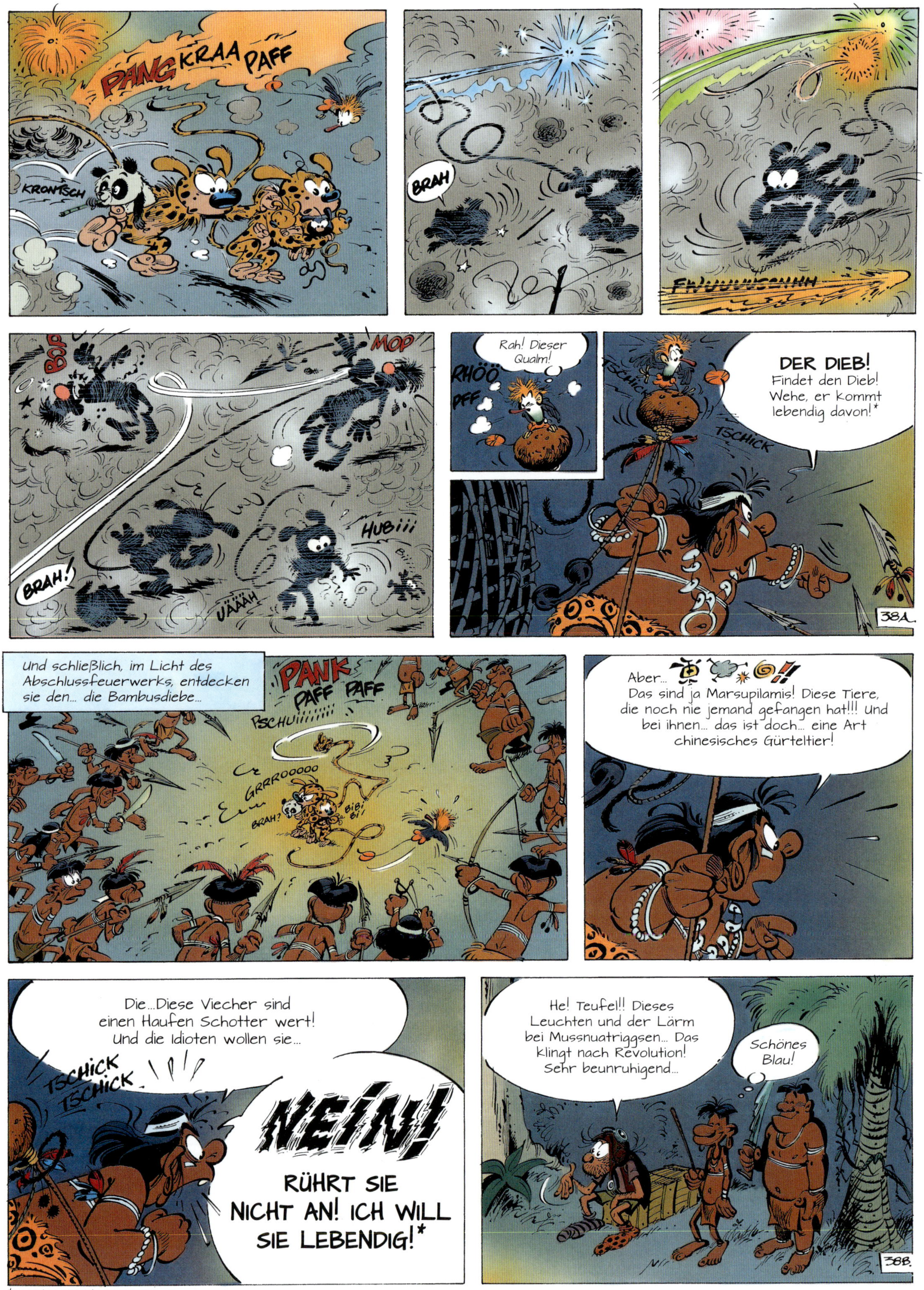

*Synchronisierte Fassung

NIX HACKIHACK! ICH WILL SIE LEBENDIG!
Ich bin schweiß-gebadet!
HUBA... HUBA... HUBA...
Ich sagte, ich will sie LEBENDIG!
PAFF
HOPP
BIBI!
Killekille! Großes Tarzan-Baby! Auch müde, was?
39A
Hahahaaa! Wartet, Onkel Helmut hat eine kleine Überraschung...
HMMMM?
AAH!
So hab ich mir das aber nicht vorgestellt...
Der Weiße sieht ganz anders aus... Er ist ein großer Zauberer!*
* Synchronisierte Fassung
Und was mach ich jetzt?
Der Krach im Dorf ist nicht gerade vertrauenerweckend.
Außerdem könnte mir dieser Medizinmann an den Kragen wollen...
Ich hab keine Wahl! Ich bin es, den sie suchen. Krieg bedeutet Krieg!
?
39B.

HU...
Tsumanngriff! Diekrihghwia!
Ich hab genug, um das ganze Dorf ins Reich der Träume zu schicken!
40A.
Haha! Er hätte mir nichts von den Smaragden erzählen sollen!
Ich hab alle Zeit, mich dünne zu machen, aber nicht mit leeren Händen!
Und noch einer, der schlafen geht... Gleich ist er im Nebel... 1... 2...
Alle einge-schlafen! Diese Glückspilze!
Ja! Es ist Hassnichgepennt, der Schlafgestörte, der die Marsupilamis gefangen nimmt!
Schnell Mussnuatriggsen benachrichtigen, er wird sich freuen!
Ob sie die Viecher nun fangen oder nicht, ist mir Latte... Verlieren wir nicht das Wichtigste aus den Augen...
... DIE SMARAGDE!
Haben die Verdatterten ihre Opfergabe auch fein unter ihr Propeller-Totem gelegt, wie ich es ihnen befohlen habe?
Ja!
GROSSARTIG! ICH WERDE VERDUFTEN... ABER NICHT MIT LEEREN HÄNDEN, HAHAHAHA!
40B.

Hm... Aber vorher brauche ich noch drei Männer für die Zeremonie... Falls es überhaupt noch welche gibt im Dorf...
TSCHICK TSCHICK TSCHICK TSCHICK
Ich könnte zwar auch sofort aufbrechen, aber diese Zeremonien sind immer so lustig!
Eine Zeremonie. Also ist Mussnuatriggsen, unser großer Zauberer, da!*
Komm her mit deinem Sack! Unsere Beute soll Teil der Zeremonie sein...*
Oh! Veatsaihung!
41A.
*Synchronisierte Fassung
Ein berühmter Dreimaster, zierlich wie ein Vogel...
Quaak!
Sei still! Das ist eine Zeremonie!
AUF, AUF! SANTIANOOOO
41B.

Ogrohßes To-them, die Chahutas schiggn-dia Opfagahbn füadain-fest... Yupphaidi! Yupphaida!
Wunda-schön...!
Ah! Ich war schon besorgt, aber jetzt weiß ich, alles wird gut!
KRITSCH
Schnell auf Holz klopfen...
YUPPIE YUPPHA
?
KRAATSCH
Da seh ich einen, der gleich eine neue...
... Knabberleiste bekommt!
MOP
KLATSCH KLATSCH
42A
Nanu? Hassnichgepennt schläft... Das seh ich echt zum ersten Mal!
Hoffentlich sind sie nicht alle in dem Sack krepiert! Es gibt Idioten, die ein kleines Vermögen für diese Drecksviecher zahlen...
?
MOP
Wie geht's, Kleiner???
Bi!
42B
Ich hoffe, er ist nicht...

BRAH
Suuuper!
TSCHICK TSCHICK TSCHICK
Was zum...???
SCHLAGT SIE BEWUSSTLOS!
Die Schnelligkeit des Struppis ist überwältigend: Er kann genauso schnell fliegen, wie das Marsupilami zuschlägt, und sich so jeden Treffer aus nächster Nähe ansehen.
PAF
43A.
BRAHH
Aha, hier landen also die Opfergaben...
Smaragde über Smaragde! Helmut, du hattest mal wieder den richtigen Riecher!
Okay, die Tierchen sind mir durch die Lappen gegangen, aber viel wichtiger sind sowieso meine geliebten grünen Steinchen!
GLUGLUG
43B.

Meine Granaten hab ich auch... Jetzt nur noch mal kurz ins Dorf....
Ich mag sie blutig!
Oh! Nein, ich mag sie mariniert!
Da finde ich sicher was, um mich für die Reise zu rüsten...
TUUUUT
In Ordnung, Señores, ich werde am Dorf anhalten, aber wenn es einen Panda in diesem Land gäbe, wären wir von der Wasserbrigade informiert!
Ehlenweltel Kapitän velsteht nicht, del Panda gehölt uns!
44 A.
Der Häuptling dieses Dorfes ist übrigens Europäer...
Ich werde ihn befragen.
Beflagen Sie ihn, ja, ja!
Die... Die... Die Tiere?! Nichmehr da! Die ssssind wech uuund ich werd mich auch verdsssiehn!
Bisschen eng! Pah! Wird schon...
44B.

Bis zum Wald rennen, ohne gesehen zu werden... 1... 2...
GAAACK GAACK
3!
Unsel Pilot! Ich hab meine Blille vellolen, abel ich elkenne ihn wiedel... Hatte nul velgessen, dass seine Nase so lang wal.
DIE HIER ???
Ja, ja... Wil suchen kostbalen Panda, del mit unselen Fallschilmen gelandet ist. Das Flugzeug ist auf den Boden gefallen und wil in Ohnmacht.
Als wil wiedel wach wulden, hatte uns jemand velsolgt... Wil wissen nicht, wel...
Sehen Sie, Velbände aus Blätteln... Sehl wilksam... Es wal Wassel und Nahlung dolt und...
... dann haben wir diese Herren am Ufer des Rios gefunden...
Ja, ja, Wasselbligade sehl nützlich... Tausend Dank!
Sagen Sie, so bepackt wie Sie sind... Wollen Sie vielleicht mit uns zurück in die Zivilisation fahren?
Nein! Vielen Dank... Ein wenig Jogging, ein Geschäftsessen... Sie wissen schon... Auf Wiedersehen!
45A
UNSEL VOLKSLEPUBLIKANISCHEL KÖNIGSPANDA!
»Auf Wiedersehen«?! Ich weiß nicht...
Del liebenswelte chinesische Panda!
Zusammen mit Malsupilamis!
!
El ist supel in Folm!
Und fleut sich, uns wiedelzusehen!
BRAH! BRAH!
Wir haben zwar schon ein wenig Bambus an Bord... Aber die Marsupilamis haben noch viel mehr gesammelt! Erstaunliche Tierchen!
BRAAH BRAAH!
Ja, Panda, die Malsupilamis sind nett... Abel sie sind sehl wild... Wil gehen!
Bi
Bi
Bi
45B.

Die Zoos würden ein Vermögen bezahlen... Aber man müsste wirklich unverschämt sein, um...
HU BRAAH
Es sind immer die Besten, die gehen...
Ich hätte den Kompass aus dem Flugzeug mitnehmen sollen.
Das wird nicht leicht... Aber ich bin reich, Donnerwetter!
Langsam wird's unbequem unter dieser Maske... Zum Teufel damit!
Ach! Hahaaa, kiloweise Smaragde für Helmut! Mann, sind die schwer!
Warum hat dieser Trottel nur so enge Stiefel getragen?!
?
46A.
Und doch bleibt ungeklärt, wer die Chinesen gerettet hat! Wer hat sie aus dem Flugzeug gezogen? Und wer hat sie so gekonnt versorgt?
Hier zeigen sich Spuren. Jemand hat zwei Körper gezogen... Und da! Eine Brille... aus China! Aber warum? Und wer? Mensch oder Tier?! Es ist und bleibt ein Rätsel...
Ob die Marsupilamis, die nie für allzu lange Zeit traurig sind, wohl mehr darüber wissen?
HUBA!
ENDE
46B.